Daniel's Pet
Daniel y su mascota

Alma Flor Ada

Illustrated by/Ilustrado por
G. Brian Karas

Green Light Readers/Colección Luz Verde
Harcourt, Inc.
Orlando   Austin   New York   San Diego   London

Daniel held a small baby chick.

Daniel puso un pollito en su mano.

It was soft in his hands.

Era muy suave.

"Can I have her as a pet?"
"Yes, Daniel," said Mama.

—¿Puede ser mi mascota?
—Sí, Daniel—dijo Mamá.

"I'll call her Jen," said Daniel.

—La llamaré Pelusa—dijo Daniel.

Daniel fed Jen.

Daniel dio de comer a Pelusa.

Daniel fed all the hens.

Daniel dio de comer a todas las gallinas.

Daniel fed Jen every day.

Daniel dio de comer a Pelusa todos los días.

Jen got very big.

Pelusa se hizo muy grande.

One day, Daniel didn't see Jen.
"Jen! Jen!" Daniel called.

Un día Daniel no la encontraba.
—¡Pelusa! ¡Pelusa!—la llamaba Daniel.

"Jen is in here," said Mama.
"Look at her eggs."

—Pelusa está aquí—dijo Mamá.
—Mira sus huevos.

"Oh my!" said Daniel.
"Now I will have lots of pets!"

—¡Qué bueno!
—¡Ahora tendré muchas mascotas!

Think About It

1. **What is Daniel's pet?**

2. **What does Daniel's pet do?**

3. **Is Daniel surprised? How can you tell?**

4. **What will Daniel do with his pets?**

5. **Would you like to have pets like Daniel's? Why or why not?**

Piensa y piensa

1. ¿Qué es la mascota de Daniel?

2. ¿Qué hace la mascota de Daniel?

3. ¿Se sorprende Daniel? ¿Cómo lo sabes?

4. ¿Qué hará Daniel con sus mascotas?

5. ¿Te gustaría tener mascotas como las de Daniel? ¿Por qué?

Hatching an Egg

You can make one of Jen's new baby chicks!

WHAT YOU'LL NEED

- paper
- crayons or markers
- scissors
- tape

1. Cut out two egg shapes.

2. Draw a chick on one egg.

3. Cut the other egg in half.

4. Tape one half at the top
and the other half at
the bottom.

Use your hatching egg to tell a friend
about Daniel, his pet chicken Jen,
and Jen's new chicks!

Un pollito recién nacido

¡Puedes crear uno de los pollitos de Pelusa!

LO QUE NECESITARÁS

- papel
- crayolas o marcadores
- tijeras
- cinta adhesiva

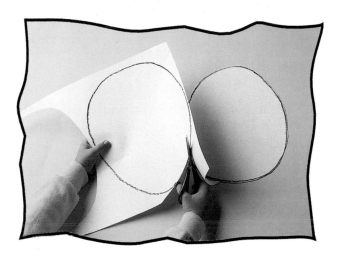

1. Recorta dos huevos
de papel.

2. Dibuja un pollito en uno de
los huevos.

3. Corta el otro huevo
por la mitad.

4. Pega una mitad arriba y la
otra abajo.

Usa el huevo para hablar con un amigo o una amiga sobre Daniel, su mascota Pelusa y los pollitos de Pelusa.

Meet the Author and Illustrator
Te presentamos a la autora y al ilustrador

Alma Flor Ada has always loved to write about nature. As a child, she spent hours near a river watching plants, insects, birds, and frogs. Now she lives in a small house near a lake, where she still enjoys watching the natural world.

A Alma Flor Ada siempre le ha gustado escribir sobre la naturaleza. Cuando era niña, pasaba muchas horas cerca de un río observando las plantas, los insectos, los pájaros y las ranas. Ahora tiene una casa cerca de un lago y sigue disfrutando de observar el mundo natural.

© 1999 Walt Chrynwski/Black Star

Brian Karas lives near many farms. He thought about the chickens he sees on those farms as he drew the pictures for *Daniel's Pet*.

Brian Karas vive cerca de muchas granjas. Mientras hacía las ilustraciones de *Daniel y su mascota* pensaba en las gallinas y los pollos que ve en esas granjas.

© 1999 Walt Chrynwski/Black Star

To Cristina Isabel, who loves Daniel.
With love from Abuelita.

A Cristina Isabel, que quiere mucho a Daniel.
Con el cariño de Abuelita.

—A. F. A.

www.HarcourtBooks.com

First Green Light Readers/Colección Luz Verde edition 2008

Green Light Readers is a trademark of Harcourt, Inc., registered in the
United States of America and/or other jurisdictions.

Library of Congress Cataloging-in-Publication Data
Ada, Alma Flor.
[Daniel's pet. English & Spanish]
Daniel's pet = Daniel y su mascota/Alma Flor Ada; illustrated by G. Brian Karas.
p. cm.
"Green Light Readers."
Summary: A young boy takes good care of his pet chicken, and when
she is grown up she gives him a surprise.
[1. Chickens—Fiction. 2. Pets—Fiction. 3. Spanish language materials—Bilingual.]
I. Karas, G. Brian, ill. II. Title. III. Title: Daniel y su mascota.
PZ73.A24328 2008
[E]—dc22 2007006554
ISBN 978-0-15-206237-8
ISBN 978-0-15-206243-9 (pb)

LEO 10 9 8 7
4 5 0 0 3 4 1 8 5 5

Ages 4–6
Grade: 1
Guided Reading Level: F–G
Reading Recovery Level: 10

Green Light Readers
For the reader who's ready to GO!

Five Tips to Help Your Child Become a Great Reader

1. Get involved. Reading aloud to and with your child is just as important as encouraging your child to read independently.

2. Be curious. Ask questions about what your child is reading.

3. Make reading fun. Allow your child to pick books on subjects that interest her or him.

4. Words are everywhere—not just in books. Practice reading signs, packages, and cereal boxes with your child.

5. Set a good example. Make sure your child sees YOU reading.

Why Green Light Readers Is the Best Series for Your New Reader

● Created exclusively for beginning readers by some of the biggest and brightest names in children's books

● Reinforces the reading skills your child is learning in school

● Encourages children to read—and finish—books by themselves

● Offers extra enrichment through fun, age-appropriate activities unique to each story

● Incorporates characteristics of the Reading Recovery program used by educators

● Developed with Harcourt School Publishers and credentialed educational consultants

Colección Luz Verde
¡Para los lectores que están listos para AVANZAR!

Cinco sugerencias para ayudar a que su niño se vuelva un gran lector

1. Participe. Leerle en voz alta a su niño, o leer junto con él, es tan importante como animar al niño a leer por sí mismo.

2. Exprese interés. Hágale preguntas al niño sobre lo que está leyendo.

3. Haga que la lectura sea divertida. Permítale al niño elegir libros sobre temas que le interesen.

4. Hay palabras en todas partes—no sólo en los libros. Anime a su niño a practicar la lectura leyendo señales, anuncios e información, por ejemplo, en las cajas de cereales.

5. Dé un buen ejemplo. Asegúrese de que su niño le vea leyendo a usted.

Por qué esta serie es la mejor para los lectores que comienzan

● Ha sido creada exclusivamente para los niños que empiezan a leer, por algunos de los más excepcionales y excelentes creadores de libros infantiles.

● Refuerza las habilidades lectoras que su niño está aprendiendo en la escuela.

● Anima a los niños a leer libros de principio a fin, por sí solos.

● Ofrece actividades de enriquecimiento creadas para cada cuento.

● Incorpora características del programa Reading Recovery usado por educadores.

● Ha sido desarrollada por la división escolar de Harcourt y por consultores educativos acreditados.